Le Livre de Poche Jeunesse

LA SORCIÈRE EST DANS L'ÉCOLE

Gudule

LA SORCIÈRE EST DANS L'ÉCOLE

ZOÉ LA TROUILLE
TOME 1

Illustrations de Yann Autret

La sorcière est dans l'école a paru initialement en Bibliothèque Rose.

Hachette Livre, 43, quai de Grenelle, 75015 Paris.

1

Satanée grammaire !

Mon vrai nom, c'est Zoé, mais tout le monde m'appelle Zoé-la-trouille. Pourtant, je ne suis pas spécialement froussarde. J'ai juste peur quand il y a de bonnes raisons. Est-ce ma faute si la vie est pleine de mystères effrayants ?

Ça ne vous arrive jamais, vous, de claquer des dents, la nuit, en pensant à des choses horribles ? D'imaginer, par exemple, qu'un fantôme est caché sous votre lit, et attend que la lumière soit éteinte pour venir vous chatouiller les pieds ? Ou que, dans l'ombre du placard, se tapit un ogre prêt à vous sauter dessus dès que vous ouvrirez la porte ? Non ? Moi si.

À part ça, je suis une petite fille comme vous et moi. J'ai dix ans, des cheveux couleur carottes râpées, des yeux vert persil, un papa, une maman, un grand frère, et un chien en forme de saucisse.

Hot-dog, mon teckel, c'est la personne la plus importante de la famille. J'aime bien les autres, évidemment, mais question câlins, mon chien, c'est le champion. Quand je ne me sens pas très rassurée, il suffit qu'il se blottisse contre moi pour que pfffuit ! ma peur s'envole.

*

* *

— Zoé ? As-tu étudié tes leçons ?

— Euh... Oui, m'man, je suis en train.

— En jouant avec le chien ?

Maman a les sourcils froncés. Ça lui donne un air sévère qui ne lui va pas du tout. Elle est bien plus jolie quand elle sourit.

— Cesse de t'amuser stupidement et dépêche-toi de finir ton travail, le dîner est presque prêt ! dit-elle d'un ton autoritaire.

Et, sans me demander mon avis, elle empoigne Hot-dog pour l'emporter dans la cuisine.

Du coup, je me retrouve toute seule devant mon livre de grammaire. Ce n'est pas une compagnie très sympathique !

— *Le participe passé conjugué avec l'auxiliaire « être » s'accorde en genre et en nombre avec le sujet du verbe.*

Quelle barbe, ces règles grammaticales ! À croire qu'on les a inventées rien que pour nous embêter !

— Le participe passé s'accorde avec l'auxiliaire « être »... euh... se conjugue avec le nombre... non, c'est pas ça... avec le genre...

Jamais je n'arriverai à retenir cette leçon. Et ce n'est que le début, la suite est encore pire...

— *Le participe passé conjugué avec l'auxiliaire « avoir » s'accorde avec le complément d'objet direct placé avant le verbe. S'il n'y a pas de complément d'objet direct ou s'il est placé après, le participe passé reste invariable.*

Tous ces mots mis les uns derrière les autres, pour moi, c'est du charabia. Je n'en comprends même pas le sens. Quand je pense que je dois les apprendre par cœur...

Sûr, celui qui a fabriqué ces formules bizarres devait détester les enfants !

*
* *

— Tu viens manger, sœurette ?

Décidément, c'est le soir des visites ! Après Hot-dog et maman, voilà Rémi qui déboule dans ma chambre.

Il est plutôt sympa, Rémi, comme frère. Mais vu de l'extérieur, il a quand même une drôle d'allure, avec sa petite tête, ses bras et ses jambes qui n'en finissent pas, et ses énormes pieds. Il paraît que tous les adolescents sont pareils. Chaque partie de leur corps pousse à une vitesse différente. Pour le taquiner, papa dit que c'est son cerveau qui a pris le plus de retard, et que, le jour où il rattrapera les pieds, on aura un génie dans la maison. Mais à mon avis, ce n'est pas pour demain !

— Maman veut que tu te grouilles, la soupe va refroidir ! insiste Rémi.

À la façon dont je le regarde en refermant mon livre, il devine tout de suite que j'ai un problème.

— Sur quoi tu sèches ? me demande-t-il.

— L'accord des participes passés. C'est pas de la tarte !

— Tu sais, moi non plus je n'y ai jamais rien compris... Et pourtant je suis en quatrième !

Ce n'est pas une consolation !

Du rez-de-chaussée monte une délicieuse odeur de poireaux-pommes de terre. Rémi se masse l'estomac.

— Allez, viens ! Tu ne vas quand même pas laisser cette satanée grammaire te couper l'appétit ! s'écrie-t-il, en passant son bras autour de mes épaules pour m'entraîner vers l'escalier.

Quand nous arrivons dans la salle à manger, nos parents sont déjà à table.

— Tu en fais une tête, mon p'tit pot-au-feu ! s'exclame papa en me voyant.

Papa m'appelle souvent « son p'tit pot-au-feu ». Moi, ce surnom, je le trouve marrant. Plus marrant, en tout cas, que Zoé-la-trouille ! Je le dois, bien sûr, à la couleur de mes cheveux et de mes yeux. Rémi, lui, a une autre explication. Il prétend que j'ai une tête de navet, des oreilles comme des feuilles de chou et un nez en forme de patate. Évidemment, il dit ça juste pour me vexer. Alors, moi, je lui réponds du tac au tac : « Je préfère être un p'tit pot-au-feu qu'une

CHEVEUX
CAROTTES
RÂPÉES
YEUX
PERSIL
NEZ EN
PATATE
OREILLES
EN CHOUX
TEINT DE
NAVET

grande andouille comme toi ! » Et pan, dans les dents !

J'explique à papa ce qui ne va pas.

— Je te donnerai un coup de main après le dîner, promet-il. Et tu verras, à nous deux, on en viendra à bout de ces fichus accords !

*
* *

Deux heures plus tard, j'arrive à réciter toute la règle sans faute. Enfin, presque. Parfois, je bute sur un mot, mais si on me souffle, je redémarre.

Satisfait, papa s'étire et bâille.

— Eh bien, mon p'tit pot-au-feu, ça n'a pas été sans mal, mais nous y sommes quand même arrivés !

Je suis tellement fatiguée que mes yeux se ferment tout seuls.

— Allons, va vite te coucher ! dit papa. Et pense à répéter ta leçon, une dernière fois, avant de t'endormir. Ainsi, elle sera encore toute fraîche dans ta mémoire demain matin.

Un peu plus tard, pelotonnée sous ma couette, je fais ce qu'il m'a recommandé. « *Le participe passé conjugué avec l'auxiliaire être...* »

La formule tourne dans ma tête comme un manège...

Au moment où je m'enfonce dans le sommeil, la porte de ma chambre s'entrouvre tout doucement, et une ombre se penche sur moi.

— En cas de trou de mémoire, ça peut te rendre service ! chuchote-t-elle en glissant quelque chose dans la poche de mon jean, posé sur une chaise.

Puis elle s'éclipse.

Grâce au rayon de lune qui s'insinue entre les rideaux mal fermés, j'ai pu entrevoir, l'espace d'un instant, une tête minuscule sur un corps aux pieds démesurés.

2

Cahier...vole !

Comme son nom l'indique, Mme Lenoir, notre maîtresse, est toujours habillée en noir. Devant le tableau, c'est à peine si on la voit. Sa tête a l'air de flotter sans rien en dessous. Et quand on cligne les yeux, l'illusion est encore plus forte.

Moi, pendant les cours, je m'amuse toujours à l'observer entre mes cils. Je laisse juste une petite fente pour le regard, et je décide que l'estrade est une scène de théâtre. Musique. Les projecteurs s'allument. Un magicien invisible annonce : « Et maintenant, voici Mme Lenoir, la femme sans corps ! » Le public applaudit à tout rompre.

— Zoé, tu es encore dans la lune !

Ma bulle de rêve éclate au milieu de l'éclat de rire des copains.

— Peux-tu répéter ce que je viens de dire ? insiste Mme Lenoir.

— Euh...

Bien sûr que non, puisque je n'ai rien entendu ! Au lieu d'écouter, j'observais des phénomènes surnaturels. On ne peut quand même pas tout faire en même temps !

— Un blâme pour Zoé-la-tête-en-l'air ! vocifère Mme Lenoir.

Ça alors, c'est le comble ! Me traiter, moi, de tête-en-l'air ! Elle ne s'est pas regardée...

— Hooouuuuu ! hurle la classe en chœur.

Les larmes me montent aux yeux. Je n'aurais jamais cru qu'elle puisse être aussi méchante, la maîtresse. En général, elle nous fiche la paix. Bien sûr, ça lui arrive de nous punir. L'autre jour, elle a donné des lignes à Thomas parce qu'il avait frappé Mélanie. Thomas a dû copier cent fois un vieux proverbe chinois : « *On ne doit pas battre une femme, même avec une fleur.* » Mais c'était exceptionnel. Dans l'ensemble, Mme Lenoir ne nous fait pas trop de misères.

En tout cas, elle n'a jamais poussé personne à

se moquer d'un élève. C'est la première fois. Et, pas de chance, il faut justement que ça tombe sur moi.

Mettez-vous à ma place : les « hoouuuuu ! » des copains me brisent le cœur !

Quand je suis très malheureuse, il n'existe qu'un seul remède pour me consoler : je pense de toutes mes forces à mon chien. Ah ! si seulement il était près de moi... J'étouffe un soupir : sa truffe sur les pattes, Hot-dog dort à la maison, contre le radiateur. Je ne le reverrai pas avant ce soir.

En attendant, la maîtresse continue à me persécuter.

— Maintenant, Zoé, récite-moi ta leçon de grammaire ! décide-t-elle.

Je me ratatine sur mon banc.

— Allons, debout, nous t'écoutons !

Je lance un regard éperdu à Laurence, ma voisine. Elle est gentille, Laurence. D'habitude, elle me souffle.

D'habitude, mais pas aujourd'hui. Aujourd'hui, elle est muette, avec un vilain petit sourire.

— Euh !... Le participe passé de l'auxil... Flûte, comment ça commence, déjà ?

Je fais un effort terrible. Avec papa, ça marchait, pourtant ! J'arrivais à tout dire d'une traite, sans respirer.

— ... de l'auxiliaire « être » s'accorde... euh !... avec le verbe...

Dans mon cerveau, il y a un grand vide. Si grand que, sans exagérer, on peut même l'appeler un gouffre. Ça me donne le vertige. Ne pas savoir ses leçons quand la maîtresse vous interroge, je ne connais rien de pire au monde !

Mme Lenoir me fixe droit dans les yeux, avec une expression féroce. Je n'avais jamais remarqué qu'elle était aussi laide.

— Qu'as-tu fait hier soir, au lieu d'étudier ? hurle-t-elle. Tu as encore rêvassé, je parie ! Sais-tu qu'à force de ne pas être utilisée, ton intelligence va rétrécir, rétrécir, jusqu'à la dimension d'une tête d'épingle ? Et puis un jour, elle tombera par ton oreille, et tu resteras idiote jusqu'à la fin de ta vie.

Toute la classe s'esclaffe. Sauf moi, évidemment. Je me bouche les oreilles. En partie pour ne plus entendre les rires qui m'assaillent, mais surtout pour retenir mon intelligence, au cas où il y aurait du vrai dans cette menace.

— Assieds-toi ! Tu auras un zéro, poursuit Mme Lenoir. Et elle cherche son carnet de notes.

Elle inspecte son bureau, fouille dans son sac...

— Mais où l'ai-je rangé, sacré nom ! l'entend-on grommeler.

C'est alors qu'il se passe une chose incroyable. Elle met deux doigts dans sa bouche, et elle siffle. Aussitôt, un remue-ménage bizarre se produit dans l'armoire du fond, là où est rangé le matériel scolaire. Puis le battant de la porte s'ouvre de lui-même et un oiseau s'échappe.

Les ailes déployées, il plane au-dessus de nous et se pose sur le bureau de la maîtresse. On se rend compte alors qu'il ne s'agit pas d'un oiseau, mais d'un cahier. Le fameux carnet de notes.

— Nous disions donc... un zéro pour Zoé, murmure Mme Lenoir en débouchant son stylo.

Et elle écrit mon nom dans la colonne des mauvais points, comme si rien de particulier ne s'était passé.

J'envoie un coup de coude dans les côtes de Laurence en chuchotant :

— Est-ce que t'as vu la même chose que moi ?

Elle a toujours son étrange petit sourire :

— De quoi tu parles ?

— Du carnet de notes, pardi ! Il s'est envolé à travers la classe !

— Qu'est-ce que tu aurais voulu qu'il fasse ? Qu'il nage ? répond-elle, avec un haussement d'épaules.

Au fond de la pièce, la mystérieuse armoire s'est refermée d'elle-même. Brrr ! Savoir qu'elle se trouve dans mon dos me donne le frisson...

3

Des corbeaux à visages d'enfants

— Voilà une bonne chose de faite, dit la maîtresse en rangeant son carnet. Y a-t-il encore quelqu'un qui ne connaît pas sa leçon ?

Toutes les têtes pivotent de gauche à droite, puis de droite à gauche.

— Vous êtes sûrs ?

Toutes les têtes oscillent de haut en bas, puis de bas en haut.

— Nous allons vérifier. À toi, Mathieu.

En moi-même, je me frotte les mains. Mathieu fait toujours le malin, mais en réalité, il est nul. Je suis sûre qu'il en sait encore moins que moi sur l'accord des participes passés. Mme Lenoir peut ressortir son carnet de zéros. Dans un instant, je vais me sentir moins seule...

— M'dame ! M'dame !

Zut ! Au moment où je m'apprête à savourer ma revanche, Mélanie lève le doigt.

— Que veux-tu, Mélanie ?

— On peut distribuer les accessoires ?

Aussitôt, c'est le brouhaha :

— Oh oui, m'dame, s'il vous plaît ! Les accessoires !

La maîtresse prend un air perplexe :

— Vous ne voulez pas que nous répétions avant ?

— Oh non, m'dame ! Tout de suite !

— Bon. Si vous vous sentez prêts, d'accord ! Thomas, va les chercher !

Je ne comprends rien à ce qui est en train de se passer. Qu'est-ce que c'est que ce cirque ? De quels « accessoires » s'agit-il ?

Comme s'il avait un ressort sous les fesses, Thomas se lève et file vers le vestiaire, dont il revient les bras pleins de...

— Ça alors... !

Je n'en crois pas mes yeux : des balais ! Autant de balais qu'il y a d'élèves. Incrédule, je me tourne vers Laurence qui, elle, ne semble pas du tout surprise.

— Mais... à quoi ça va servir ?

— Pas à balayer, évidemment ! me jette-t-elle, comme si j'avais dit une énormité.

Et elle ajoute, sur un ton pincé :

— Qu'est-ce qui te prend, Zoé, tu débarques ? On dirait que tu n'as jamais vu un balai de ta vie !

Entre-temps, Thomas a terminé la distribution.

— Tout le monde est servi ? s'enquiert la maîtresse.

— Ouiiiii !

— Bon, alors, en rang.

Dépassée par les événements, j'obéis comme une somnambule. Et on se retrouve tous à la queue leu leu devant la fenêtre ouverte, armés de nos « accessoires ». Par prudence, je me mets au bout de la file.

— On peut y aller ? demande la maîtresse. À toi, Mathieu, commence.

Mathieu inspire profondément, enfourche son balai et clame à pleins poumons :

— *Le participe passé conjugué avec l'auxiliaire "être" s'accorde en genre et en nombre avec le sujet du verbe.*

— Bravo ! le félicite Mme Lenoir.

Et c'est alors qu'il se passe une chose stupéfiante. Plus stupéfiante encore que le coup du carnet ailé. Sous l'effet de la surprise, je manque de tomber à la renverse.

MATHIEU S'ENVOLE PAR LA FENÊTRE.

— À toi, Mélanie, dit la maîtresse.

— *Le participe passé conjugué avec l'auxiliaire "être" s'accorde en genre et en nombre avec le sujet du verbe,* récite Mélanie.

Et elle s'envole à son tour.

Dans le ciel bleu, je les vois tournoyer tous les deux, passant et repassant au-dessus des arbres de l'avenue, se poursuivant entre les fils électriques, montant, descendant, faisant des loopings. Ça doit être follement amusant car on les entend rire jusqu'ici !

Quelques instants plus tard, Laurence les rejoint, puis Thomas, puis Carole, puis les autres... Tous ont débité leur « règle des participes » sans la moindre faute.

Bientôt, il ne reste plus que Mme Lenoir et moi.

— Alors, Zoé, ça ne te tente pas ? me demande-t-elle.

Les copains, à cheval sur leurs balais, font des courses dans l'espace comme s'ils étaient au beau milieu de la cour de récréation.

— Oh si, m'dame !

— Je veux bien te laisser encore une chance, mais c'est la dernière ! Allons, concentre-toi, je t'écoute.

Bon, cette fois, je n'ai pas intérêt à me tromper. Je ferme les paupières, je rassemble tout mon courage, et j'articule de mon mieux :

— Le participe passé conjugué avec le sujet du verbe s'accorde en genre et en nombre avec l'auxiliaire « être »...

Un épouvantable éclat de rire m'interrompt. Quand je rouvre les yeux, j'aperçois Mme Lenoir qui décolle sur son balai. La bouche fendue d'un affreux rictus, elle glapit : « Raté ! Raté ! » en tournoyant dans tous les sens, suivie de ses élèves qui se marrent, eux aussi.

— Raté ! Raté ! pouffe Thomas.

— Raté ! Raté ! chantonne Mélanie.

— Raté ! Raté ! s'esclaffe Laurence.

— Raté ! Raté ! reprennent tous les autres en écho.

Puis, sur un signe de Mme Lenoir, ils s'éloignent vers l'horizon, telle une bande de corbeaux.

Longtemps, leurs croassements éraillés résonnent dans les nuages.

4

Tricheuse !

Me voilà toute seule dans la classe déserte, avec une formidable envie de pleurer. Je suis sûre que vous avez déjà éprouvé cette affreuse impression d'abandon. C'est comme rester au bord de la piscine avec un rhume, pendant que les autres s'amusent dans l'eau et font des plongeons. Ou tomber malade la veille d'une sortie scolaire et regarder partir le car, un thermomètre dans la bouche. Ou encore se trouver dans une file d'attente au cinéma, et voir les portes se fermer en affichant « complet » au moment où c'est votre tour d'entrer...

Bref, je me sens si malheureuse que même penser à Hot-dog ne me réconforte pas.

En plus, je ne m'explique toujours pas ce qui vient de se passer. J'ai l'impression d'avoir raté un épisode du feuilleton. Pourtant, je n'ai pas été absente, ces derniers temps...

Comment se fait-il que LA MAÎTRESSE SOIT DEVENUE UNE SORCIÈRE ?

Car c'est bien de ça qu'il s'agit, j'en suis certaine maintenant. Pour une raison qui m'échappe, Mme Lenoir s'est changée en sorcière, et elle a contaminé tous les élèves. Tous... sauf moi.

Pourquoi ? POURQUOI ? ? ?

Peut-être parce que je suis allergique aux règles grammaticales ?

Quand je pense qu'en ce moment, je pourrais être en train de me balader dans le ciel avec les autres, au lieu de me morfondre ici comme une imbécile...

Mais au fait... il n'est peut-être pas trop tard !

Une idée subite vient de germer dans mon esprit. Sans perdre une seconde, je me précipite vers mon cartable, j'en sors mon livre de grammaire et je l'ouvre à la bonne page. Puis, sans perdre une seconde, j'enfourche mon balai et, face à la fenêtre ouverte, j'entonne à pleine voix :

— *Le participe passé conjugué avec l'auxiliaire "être" s'ac...*

Des cris venus de très loin m'interrompent.

Ce n'est d'abord qu'une rumeur confuse, mais qui se précise peu à peu. Bientôt, je distingue des mots. UN mot. Un mot prononcé par des dizaines de voix discordantes.

— Tricheuse !

Du fond de l'horizon surgit la troupe de sorciers-sorcières. Une escadrille échevelée qui scande les deux petites syllabes détestables, en tourbillonnant parmi les nuages.

— Tricheuse ! Tricheuse ! croasse Thomas.

— Tricheuse ! Tricheuse ! caquette Mélanie.

— Tricheuse ! Tricheuse ! glousse Mathieu.

— Tricheuse ! Tricheuse ! pépie Laurence.

— Tricheuse ! Tricheuse ! Tricheuse ! reprennent les autres en chœur.

Et, dominant le brouhaha, l'horrible glapissement de Mme Lenoir :

— ZOÉ, TU SERAS COLLÉE MERCREDI !

Si je pouvais, je rentrerais sous terre. Cramoisie de honte, je regagne mon banc pendant que l'escadrille atterrit. Décidément, aujourd'hui, ce n'est pas mon jour de chance... Vivement quatre heures que je retrouve mon Hot-dog chéri !

*
* *

Une fois les balais rangés et chacun assis à sa place, la classe reprend son apparence coutumière. Si je n'avais pas cette boule au fond de la gorge, je croirais presque avoir rêvé.

Quoique...

... Mes copains ont changé, aucun doute là-dessus. Leur petit sourire persistant n'est pas naturel. Il y a une sorte de... cruauté dans leur bonne humeur. On dirait qu'ils sont devenus... *méchants.*

Je les observe les uns après les autres. Prenons Mélanie, par exemple. En temps normal, c'est une fille rigolote. Derrière ses grandes lunettes rouges, ses yeux racontent tout le temps des blagues. Eh bien là, non seulement ils ne racontent rien du tout, mais ils me narguent.

Et Thomas ? D'habitude, c'est le garçon le plus gentil de la terre. Il est toujours prêt à rendre service, à prêter ses crayons et ses gommes. Or, depuis ce matin, il a une vraie tête d'égoïste. Je

OCÉAN
ATLANTIQUE
BASSIN
AQUITAIN
PYRÉNÉES

suis sûre que si je lui demandais l'heure, il ne me la donnerait pas, de crainte d'user sa montre !

Quant à Laurence, on a beau être sur le même banc, je n'ose même plus lui adresser la parole. J'aurais trop peur qu'au lieu de me répondre, elle me crache des grenouilles et des limaces à la figure, comme dans le conte de Perrault. Pourtant, c'est ma meilleure amie...

— Ce que nous avons fait aujourd'hui n'est qu'une amusette, annonce la maîtresse. Le B À BA de la magie. Mais demain...

— Demain ? répète la classe d'une seule voix.

Mme Lenoir prend un air mystérieux :

— Demain, nous passerons aux choses sérieuses !

Une ovation salue la bonne nouvelle.

Le regard de l'institutrice fait le tour de la salle.

— Nous travaillerons sur l'emploi de l'auxiliaire « avoir », précise-t-elle. J'espère que tout le monde...

Ses yeux s'arrêtent sur moi, si perçants que je me sens trouée de part en part.

— ... j'ai bien dit TOUT LE MONDE connaîtra ses accords sur le bout des doigts !

Nom d'un petit bonhomme en patins à roulettes, j'ai intérêt à réviser, ce soir ! Jusqu'à minuit, s'il le faut !

5

Des jouets par milliers !

Chaque fois qu'on prend de bonnes résolutions, il se passe quelque chose qui fiche tout par terre. Un événement imprévu, par exemple. Ou même, une catastrophe.

Cette fois, la catastrophe, c'est une violente migraine.

Il fallait s'y attendre : ma tête n'est pas extensible. Or, depuis ce matin, elle déborde de questions sans réponses. Si ça continue, elle va éclater. Travailler dans ces conditions, c'est complètement impossible.

— M'man, je ne me sens pas bien...

Comme je ne suis pas du genre à me plaindre sans raison, en général, on me prend au sérieux. Maman, qui repasse dans la cuisine, débranche illico son fer pour venir me tâter le front.

— Tu es brûlante, ma chérie... Tu as attrapé froid ?

— Non, j'ai seulement mal à la tête.

Maman déteste que ses enfants soient malades. À la manière dont elle fronce les sourcils, je vois bien que ça l'énerve.

— Tu vas me faire le plaisir de prendre un cachet et de filer dans ton lit ! dit-elle, en me préparant un verre d'eau.

Moi, je ronchonne :

— Mais j'ai plein de devoirs...

— Je te ferai un mot d'excuse pour la maîtresse.

Bref, dans les cinq minutes qui suivent, je me retrouve sous ma couette, avec Hot-dog niché contre ma hanche. D'habitude, je n'ai pas la permission de dormir avec mon chien. Maman trouve que ce n'est pas hygiénique. Mais aujourd'hui, exceptionnellement, elle a accepté. Quand on souffre, on a tous les droits.

Quelques instants plus tard, Hot-dog et moi, on dort à poings fermés.

*
* *

Inutile de vous faire un dessin : le lendemain, en classe, je suis dans mes petits souliers.

Le plus étrange, c'est que cette histoire de sorcière et de balais, je ne suis pas sûre qu'elle se soit passée réellement. Tout le monde sait que la fièvre donne des cauchemars. En me réveillant ce matin, j'étais persuadée d'avoir rêvé.

Mais là, assise sur mon banc à côté de Laurence, j'ai de nouveau des doutes. D'autant que, sur le visage de mes copains, il y a toujours ce drôle de sourire...

Par chance, aujourd'hui, la maîtresse ne s'occupe pas de moi.

— Alors, mes enfants, avez-vous bien étudié votre leçon ? demande-t-elle.

— Ouiiiii ! répond la classe, pendant que je me fais toute petite sur mon banc.

— Parfait. Hier, grâce à l'accord du participe passé avec l'auxiliaire « être », nous avons appris à nous déplacer. Aujourd'hui, avec le verbe « avoir », nous allons créer des objets.

Un hurlement de joie accueille sa proposition.

Je me sens glacée, d'un seul coup. Comme si j'avais un iceberg au fond du ventre et de la neige fondue dans les veines. Ainsi, c'était donc vrai. Le cauchemar continue...

— Mathieu, viens sur l'estrade, lance la maîtresse.

— C'est son chouchou ! me glisse Laurence en douce.

— Pourquoi ?

— Tu n'as pas remarqué ? Elle commence toujours par lui !

En moi-même, je me dis qu'être le chouchou n'a pas que des avantages. La preuve ! Moi, je déteste quand on m'interroge la première, surtout si je n'ai pas appris ma leçon !

— Tourne-toi vers tes camarades, ordonne Mme Lenoir.

Mathieu obéit. Il en profite pour loucher affreusement, histoire de nous faire rire.

— Allons, allons, du calme ! s'écrie Mme Lenoir en frappant dans ses mains. À présent, Mathieu, tu vas penser à quelque chose qui te fait envie.

— Quel genre de chose ? demande Mathieu.

— N'importe quoi, un jouet par exemple. Mais

tu y penses très fort, hein ! Comme si tu le voyais réellement. Tu es prêt ?

Mathieu ferme les yeux pour mieux se concentrer et il fait « oui » avec la tête.

— Maintenant, récite ta règle de grammaire.

— Je continue à penser au jouet ?

— Bien sûr ! Ne t'arrête pas, surtout ! Un petit moment passe. Un silence impressionnant règne dans la classe. On entendrait les mouches voler, s'il n'y avait pas une plaquette d'insecticide sur l'armoire.

— *Le participe passé conjugué avec l'auxiliaire « avoir » s'accorde avec le complément d'objet direct placé avant le verbe,* dit Mathieu très vite.

— Ensuite ? demande la maîtresse.

Mathieu ouvre des yeux affolés.

— Applique-toi, tu vas y arriver ! l'encourage doucement la maîtresse. *S'il n'y a en pas...*

— *S'il n'y en a pas ou s'il est placé après, le participe passé reste invariable.*

À peine Mathieu a-t-il prononcé le dernier mot que l'incroyable se produit. Une fumée semble sortir du sol, devant lui. Tout le monde reste bouche bée, sauf moi. Moi, je cache mon visage dans mes mains parce que je meurs de peur.

Lorsque la fumée se dissipe, on découvre un

énorme sac de billes, posé au centre de l'estrade. Des grosses billes de toutes les couleurs, avec quelques calots.

— C'est moi qui ai fait ça ? s'étonne Mathieu, ahuri.

Mme Lenoir sourit :

— Bien sûr, mon grand ! Prends-les, elles sont à toi.

Mathieu se jette dessus et les brandit très haut pour nous les montrer. Sous la lumière, les billes se mettent à briller comme des petits soleils.

Du coup, tout le monde parle en même temps.

— Silence ! ordonne la maîtresse en frappant dans ses mains. Je ne veux plus entendre de bruit, sinon j'arrête l'expérience !

Comme par miracle, le calme revient immédiatement.

— Laurence ! appelle Mme Lenoir.

Ma voisine ne fait qu'un bond jusqu'à l'estrade.

— *Le participe passé conjugué avec l'auxiliaire « avoir » s'accorde avec le complément d'objet direct placé avant le verbe. S'il n'y en a pas ou s'il est placé après, le participe passé reste invariable,* déclame-t-elle en moins de temps qu'il ne faut pour l'écrire.

Et pouf ! Dans un nuage de tulle rose, une poupée apparaît.

Toutes les filles applaudissent.

— Tu joues encore avec ça, à ton âge ? Quel bébé ! se moque Thomas.

— Bébé toi-même ! rétorque Laurence avec un pied de nez. On va bien voir ce que tu vas fabriquer, monsieur Je-sais-tout !

— O.K. ! Je peux venir, m'dame ?

La maîtresse acquiesce. Quelques instants après, un vélo flambant neuf surgit de nulle part.

Cette fois, c'est du délire. Surtout lorsque Thomas l'enfourche et commence à rouler dans les allées.

— À qui le tour ? demande Mme Lenoir.

Tous les doigts se lèvent en même temps. Il n'y a que moi qui ne participe pas à l'euphorie générale. Au contraire, je m'aplatis sur mon pupitre pour qu'on ne me remarque pas.

— Mélanie ! décide la maîtresse.

Un magnifique cheval prend bientôt la place du vélo.

— Nicolas ! Benoît ! Carole ! Cédric !

Successivement apparaissent un robot qui parle douze langues dont le lapon, une barbe à papa géante, un élevage de vers luisants, et même un éléphant.

Le désordre est indescriptible. Au milieu de toute cette folie, Mathieu et Laurence, frustrés, contemplent tristement leurs minables jouets.

— Si j'avais su, j'aurais demandé une poupée vivante, soupire Laurence.

— Et moi, une usine de billes, ajoute Mathieu.

Je suis la seule à ne pas avoir récité. La maîtresse me cherche des yeux.

— À toi, Zoé, dit-elle. Je suppose qu'aujourd'hui, tu connais ta leçon !

Je deviens aussi rouge qu'un coquelicot.

— Ben... non, j'ai été malade. Maman m'a fait un mot...

Je plonge dans mon cartable, j'en sors la lettre de ma mère et je la porte à Mme Lenoir qui me toise de la tête aux pieds.

— Tu ne perds rien pour attendre, grommelle-t-elle. Demain, nous récapitulerons les deux formules : le verbe « être » ET le verbe « avoir ». Je te préviens, je t'ai à l'œil. Si jamais tu fais une seule faute... gare à toi !

La menace est tellement terrible que Mme Lenoir n'ose même pas l'énoncer. Mais ses yeux en disent long !

En tremblant, je retourne à ma place. Enfin j'essaie, car mes camarades et leurs jouets encombrants me barrent la route. Une seule solution : me glisser entre les pattes de l'éléphant et ramper.

— Ouch !

Ma parole, il y a des élèves qui fument dans la classe ! J'ai failli poser la main sur un mégot allumé !

Mais non, que je suis bête ! Ce n'est pas un mégot, c'est un ver luisant. Un adorable petit ver tombé du souhait de Carole, qui brille doucement sur le plancher. Je m'empresse de le ramasser.

L'animal clignote dans ma paume, c'est sans doute sa manière de me dire merci. Pour le mettre à l'abri, je le fourre dans ma poche.

— Assez joué, maintenant, mes enfants ! proclame Mme Lenoir. Il est temps de mettre un peu d'ordre. Que va dire la femme de ménage si nous lui laissons la classe dans un état pareil ?

Elle lève sa main aux ongles crochus, fait une drôle de grimace, et pouf ! tout disparaît.

— Mon vélo ! s'écrie Thomas.

— Mon cheval ! hurle Mélanie.

— Mon élevage ! geint Carole.

— Ma warwe à wawa ! pleurniche le gros Benoît, la bouche pleine.

L'épouvantable rire de Mme Lenoir stoppe net les protestations.

— Ah ! ah ! ah ! ah ! ah ! Tout n'est qu'illusion, mes enfants ! Brouillard, fumée, poussière, vent... Ah ! ah ! ah ! ah ! ah ! Envolés, vos trésors ! Évaporés vos vœux ! Dissous dans les airs comme les rêves au matin !

— Je l'aimais, moi, mon cheval..., gémit Mélanie en s'essuyant les yeux.

— Quelle tête feraient tes parents, si tu l'avais ramené à la maison ? demande la maîtresse.

— Moi, mon vélo, j'aurais pu le ranger dans le garage..., signale Thomas.

— Et moi, mon robot, je l'aurais mis dans ma chambre.

— Et moi, j'aurais mangé toute ma barbe à papa !

Dans cette assemblée de « cœurs gros », seules deux personnes ont le sourire : Mathieu et Laurence !

6

La maîtresse est une bouillie verte !

— Je t'assure, m'man, j'ai mal au ventre !

Ma voix tremblote. Je renifle même, pour être plus convaincante. Une pierre se laisserait attendrir, mais pas ma mère.

— Hier, une migraine, aujourd'hui, mal au ventre... Est-ce que ce ne seraient pas les symptômes d'une grosse flemme, ça ? s'exclame-t-elle.

Un pas, semblable à celui d'un troupeau de mammouths, ébranle soudain le couloir. Ça, c'est Rémi qui se lève !

— Pas encore debout, sœurette ? s'étonne-t-il,

en passant sa tête ébouriffée par ma porte entrouverte.

— Ben non... J'ai une indigestion, mais maman ne veut pas me croire !

Sous ses paupières bouffies de sommeil, on distingue à peine les pupilles de mon frère. Ça ne l'empêche pas de m'inspecter sur toutes les coutures.

— Tu as bonne mine, pourtant ! affirme-t-il.

Je bondis.

— Bonne mine ? Tu n'as pas les yeux en face des trous, ma parole ! T'as pas remarqué que je suis toute pâle ?

— Pâle ? ! ?

Il éclate de rire.

— Tes joues sont aussi roses que des radis roses !

— Elle aimerait bien s'offrir une petite journée de congé, avance maman. Mais pas question !

Papa, qui a tout entendu, sort de la salle de bains, armé de sa brosse à dents.

— Vous êtes durs avec elle ! proteste-t-il, la bouche pleine de dentifrice.

Puis, s'adressant à moi :

— Ça ne va pas, mon p'tit pot-au-feu ?

Toute frémissante d'espoir, je me mets à pleurer.

— Oh non, p'pa ! Je ne me sens pas en forme du tout !

— Tu ne crois pas qu'on devrait la laisser se reposer... ? suggère-t-il à maman.

Mais celle-ci reste intraitable.

— Taratata ! Tout ça, c'est de la comédie. Zoé se porte comme un charme, elle a seulement une grosse poussée de fainéantise !

— Tu en es sûre ?

Elle prend son petit air futé :

— J'ai assez pratiqué les « maladies diplomatiques » quand j'étais jeune pour savoir distinguer le vrai du faux ! Allons, debout, mademoiselle, ou nous allons être en retard !

La sentence est irrévocable. Comme une condamnée se rendant à l'échafaud, je descends du lit. Seul le regard navré de Hot-dog m'apporte un peu de réconfort.

*

* *

— Aujourd'hui, annonce Mme Lenoir, nous allons pratiquer le « nec plus ultra » de la magie...

Toute la classe est suspendue à ses lèvres.

— ... Je vais vous apprendre la *métamorphose.*

— Qu'est-ce que c'est ? s'enquiert Laurence.

— *La métamorphose,* poursuit la maîtresse, consiste à transformer une personne de son choix en ce qu'on veut.

— Les princes charmants en crapauds, par exemple ? demande Thomas.

Mme Lenoir sourit.

— Exactement.

— Ça ne doit pas être facile ! dit Mélanie.

Mme Lenoir hoche la tête.

— En effet ! Et il vaut mieux ne pas s'y risquer si on n'est pas certain de bien connaître ses formules, car ça peut provoquer de vrais désastres !

— Quel genre de désastres ? s'informe Thomas.

La maîtresse prend un air sévère.

— Perdre le contrôle d'une métamorphose est ce qui peut arriver de pire à un sorcier ou à une sorcière ! Si jamais l'un d'entre vous commettait cette faute...

Elle laisse sa phrase en suspens, mais pousse un rugissement qui en dit plus qu'un long discours. C'est si impressionnant que personne n'ose demander de détails. Par contre, l'enthousiasme retombe un peu.

— Qui commence ? demande Mme Lenoir.

Une seconde de flottement, puis Mélanie lève le doigt.

— Moi, je veux bien !

— Bon. Alors, choisis ta victime, décide en quoi tu veux la changer, et récite la formule.

— C'est quoi, la formule ?

— La règle des participes passés du verbe « être » et du verbe « avoir ».

— Les deux en une seule fois ?

— Les deux en une seule fois.

Mélanie se concentre, prend une inspiration, et lâche d'une traite, en fixant Mathieu :

— *Le participe passé conjugué avec l'auxiliaire « être » s'accorde en genre et en nombre avec le sujet du verbe. Le participe passé conjugué avec l'auxiliaire « avoir » s'accorde avec le complément d'objet direct placé avant le verbe. S'il n'y en a pas ou s'il est placé après, le participe passé reste invariable.*

Aussitôt, un grand éclair tombe du plafond, en plein sur Mathieu.

— Ooooooh ! fait la classe, ahurie.

Mathieu s'est transformé en un nain de jardin.

Un tonnerre d'applaudissements éclate.

— Et homment je fais pour redevenir hormal, moi ? demande Mathieu avec sa bouche en plâtre.

— Ne te tracasse pas, le rassure Mme Lenoir. Le sortilège est éphémère, dans dix minutes, tu reprendras ton apparence habituelle.

Soulagé, Mathieu se met à sourire bêtement. Avec son chapeau rouge, sa barbe blanche et sa petite brouette, il est si ridicule que toute la classe rigole.

— À qui le tour ? demande la maîtresse.

Accroupie sous un pupitre, à l'abri des regards, je profite du brouhaha pour réviser en vitesse. Je lis et je relis mon livre de grammaire en faisant un effort surhumain pour tout retenir. C'est la première fois de ma vie que j'étudie à ce point-là !

— *Le participe passé conjugué avec l'auxiliaire « être »...*

Je peine tellement que je transpire.

— *... s'accorde en genre et en nombre...*

J'y suis presque. Mon cerveau semble sur le point de bouillir, mais il assimile bien.

— *... avec le sujet du verbe.*

O.K. ! cette règle-là, je la sais. À l'autre, maintenant.

— *Le participe passé conjugué avec l'auxiliaire « avoir »...*

— Zoé ! appelle Mme Lenoir.

Son regard fait le tour de la classe à ma recherche. En entendant mon nom, je range mon livre de grammaire.

— Euh... Je suis là, madame ! dis-je, en surgissant de sous mon banc.

Elle me lance un coup d'œil soupçonneux.

— Toi, tu te cachais pour ne pas réciter ta leçon !

Je prends mon air d'innocente injustement accusée.

— Non, madame, je la connais très bien !

— Nous allons vérifier ça tout de suite. Choisis ta victime !

Je me tourne vers Laurence.

— Euh... Tu veux bien que je te métamorphose, s'il te plaît ?

Mais Laurence secoue la tête avec énergie.

— Désolée, je suis déjà retenue par Nicolas.

— Ah bon... Et toi, Thomas ?

— J'ai promis à Cédric !

— Et toi, Carole ?

— Je suis avec Benoît...

La maîtresse pousse un soupir agacé.

— Alors, Zoé, c'est pour aujourd'hui ou pour demain ?

— Moi, je veux bien, mais personne n'est d'accord pour que je le transforme !

Quand le nez de Mme Lenoir remue de cette façon, c'est qu'il y a de la mauvaise note dans l'air.

— Un volontaire ! exige-t-elle en examinant mes camarades à tour de rôle.

Pas de réaction. Laurence et Nicolas se tiennent par la main. Carole s'est rapprochée de Benoît. Thomas et Cédric sont épaule contre épaule.

— Chacun de vous a déjà un partenaire ? s'enquiert Mme Lenoir.

Toutes les têtes s'inclinent en même temps.

— Le problème, dit la maîtresse en s'adressant à moi, c'est que vous êtes en nombre impair. Tu te retrouves donc seule. Aussi, je ne vois qu'une solution : tu vas ME métamorphoser.

Je me sens devenir toute pâle.

— Mais madame...

— Il n'y a pas de « mais », fais ce que je te dis !

Métamorphoser la maîtresse... Quelle responsabilité ! Si je la change en un truc très vilain – comme j'en ai bien envie ! – je risque de me faire punir. Déjà que je suis collée mercredi...

Non, ce ne serait pas malin. Mieux vaut jouer les fayotes et tâcher de l'améliorer, au contraire. Au moins, j'aurai des chances de faire remonter ma moyenne.

Si je la changeais en... en...

— Eh bien, Zoé, tu as avalé ta langue ? s'impatiente Mme Lenoir.

... en princesse, par exemple ? Ou... en Fée Bleue. Oui, en Fée Bleue, ça c'est une chouette idée !

Très intéressés, mes camarades ne me lâchent pas des yeux.

Mon estomac est si serré que c'est comme s'il n'existait plus. Mes mâchoires claquent sans que je puisse rien faire pour les arrêter et ma peau est couverte de chair de poule.

Métamorphoser la maîtresse... Il n'y a vraiment qu'à moi que ça arrive !

Bon, allons-y. Je la connais, ma règle de grammaire, oui ou non ? Oui. Alors, qu'est-ce que je crains ?

De toutes mes forces, je pense à la Fée Bleue. Et je commence à déclamer d'une voix chevrotante :

— Le participe passé conjugué avec l'auxiliaire

« avoir » s'accorde en genre et en nombre avec le sujet du verbe.

Au fur et à mesure que je parle, je prends de l'assurance. Les mots, encore tout frais dans mon esprit, coulent d'eux-mêmes. Je n'ai même pas besoin de réfléchir.

— Le participe passé conjugué avec l'auxiliaire « être » s'accorde avec le complément d'objet direct placé avant le verbe. S'il n'y en a pas ou s'il est placé après, le participe passé reste invariable.

Ouf, je suis contente de moi. Avec un sourire victorieux, je me tourne vers mes camarades.

Mais... Que se passe-t-il ? Moi qui m'attendais à des félicitations...

Un vent de terreur semble s'être abattu sur la classe. Une expression d'effroi est plaquée sur tous les visages. Les yeux se sont arrondis à l'extrême et les bouches grimacent des cris muets...

— La formule... La formule..., bredouille Carole en se jetant, toute tremblante, dans les bras du gros Benoît.

— Tu t'es trompée, tu as dit exactement le contraire..., ânonne Mathieu.

Et il tend son index vers la maîtresse.

HORREUR ! Mme Lenoir est en train de se

dissoudre. Son corps n'est plus qu'une grosse masse de gelée verte.

Je pousse un hurlement. Je n'ai jamais rien vu d'aussi répugnant de toute ma vie !

Le tas de gélatine continue à fondre. Bientôt, il ne reste de Mme Lenoir que quelques grumeaux flottant dans une mare gluante.

Puis, l'ignoble magma se met à bouillonner.

Prise de panique, toute la classe reflue en désordre vers la sortie. D'autant que... LA MARE AUGMENTE !

— Au secours ! hurlent mes camarades, en essayant d'ouvrir la porte.

Rien à faire, elle est coincée. Ils ont beau s'agripper à la poignée, se mettre à dix pour pousser, tirer, secouer le panneau de bois, celui-ci résiste. À croire que lui aussi vient d'être ensorcelé.

— Sauve qui peut ! Grimpez sur les pupitres ! crie Mathieu.

Dans une bousculade indescriptible, toute la classe se hisse sur les chaises et les bancs, escalade l'estrade, se perche sur le bureau de la maîtresse.

Il était temps : Mme Lenoir a presque envahi toute la salle.

Seuls Benoît et Mathieu ont encore les pieds dans la mélasse. L'un parce qu'il n'est pas très vif et l'autre parce qu'il est en plâtre.

Du sommet de la table où elle a trouvé refuge, Carole interpelle Benoît :

— Viens vite, il y a de la place pour toi !

Hypnotisé, le gros garçon regarde l'immonde glu recouvrir peu à peu ses baskets puis, d'un coup, réagit. Levant alternativement une jambe puis l'autre, il se met à brailler :

— Au secoooours, ça colle !

— Grimpe ! l'exhortent les autres.

— Je ne peux pas, c'est trop haut !

L'agrippant par la main, Carole tire tant qu'elle peut. Mais, malgré sa bonne volonté, elle est bien incapable de soulever un poids pareil !

Le niveau monte, monte, atteint le bas du jean de Benoît. Les cris du malheureux deviennent suraigus, et sa « danse » de plus en plus frénétique.

— J'ai une idée ! s'écrie soudain Carole.

Et elle s'empresse de réciter la formule de *la métamorphose.*

Une seconde plus tard, Benoît, changé en libellule, s'envole vers le plafond.

— La voilà, la solution ! rugit Thomas. Nous

allons tous nous transformer en mouches, en abeilles, en oiseaux, et nous sauver par la fenêtre ! Vas-y, Cédric, métamorphose-moi !

— Métamorphose-moi toi, plutôt ! se rebiffe Cédric.

— Non, toi !

— Toi !

— Métamorphose-moi, je te dis !

Ils s'empoignent et commencent à se battre, en équilibre sur le banc.

— Ça ne marchera jamais, soupire Mélanie. Il faudrait que la moitié de la classe se sacrifie !

Au même instant, avec un bruit de bouchon de champagne qui saute, Mathieu retrouve son apparence normale. Il était temps : son socle était déjà entièrement recouvert. D'un bond, il rejoint Mélanie sur sa chaise, et la déséquilibre en s'accrochant à elle.

— Attention, tu vas me faire tomber ! crie Mélanie en oscillant dangereusement.

— Je vais me gêner, tiens ! C'est ta faute, après tout, si j'ai failli me noyer, espèce de sorcière à la noix ! rétorque Mathieu avec hargne.

La voix de Nicolas couvre ses protestations :

— Nous sommes stupides : une seule personne suffit pour ensorceler tout le monde ! s'exclame-t-il. Elle n'a qu'à répéter vingt-cinq fois la formule !

Inexorablement, le niveau de Mme Lenoir continue à monter.

— Une seule personne ? réfléchit Mélanie. Ce n'est pas bête... mais qui ?

— Il faut tirer au sort, suggère Nicolas.

— Demandons plutôt à Zoé ! propose Laurence. Après tout, c'est elle qui est responsable de ce qui nous arrive, et...

— T'es zinzin ! l'interrompt Mathieu en vrillant son doigt sur sa tempe. Tu as vu ce qu'elle a fait à la maîtresse ? Tu veux devenir comme ça, toi aussi ?

À présent, l'effroyable sirop grimpe à l'assaut des meubles. Les pupitres semblent des îlots émergeant d'un océan visqueux. Des îlots que, bientôt, le raz de marée recouvrira...

Que faire ? Serrés les uns contre les autres, nous hurlons de terreur, tandis que la libellule, de son aile transparente, frôle le flot épais avec une grâce aérienne...

— Les balais ! s'exclame soudain Thomas en se frappant le front. Pourquoi n'avons-nous pas pensé aux balais ? On s'assied dessus et... hop !

Avec un haussement d'épaules, Mélanie lui montre la porte du vestiaire à demi immergée :

— C'est toi qui iras les chercher, gros malin ?

Entre-temps, Mme Lenoir a atteint les plateaux des pupitres. Nous voilà à nouveau les pieds dans le liquide infect.

Au milieu de l'affolement général, Mathieu ferme soudain les yeux et se met à réciter :

— *Le participe passé conjugué avec l'auxiliaire « avoir » s'accorde...*

— Il a perdu les pédales ! s'écrie Laurence.

— La peur l'a rendu fou !

— Il délire...

Mais Mathieu continue, imperturbable :

— ... *avec le complément d'objet direct placé avant le verbe. S'il n'y en a pas ou s'il est placé après, le participe passé reste invariable.*

Un vrombissement assourdissant couvre la fin de sa phrase, et dans un grand éclair un avion apparaît au beau milieu de la pièce. Des exclamations de joie l'accueillent.

Il passe au-dessus de nous en rasant le plafond.

— Je vous envoie des échelles de corde ! crie le pilote.

L'instant d'après, toute la classe, accrochée en grappe aux échelons mobiles, s'extirpe de la vase.

Toute la classe ? Non, pas exactement.

Lorsque je tends la main vers l'échelle de corde pour m'y agripper à mon tour, mes copains me repoussent.

— Pas toi ! Ce serait trop facile !

— Tu nous fiches la poisse, et après, il faudrait qu'on te sauve ?

— Assume tes bêtises, ma vieille !

— Débrouille-toi toute seule !

Comme je m'obstine quand même, Mathieu m'envoie un coup de pied pour me faire lâcher prise.

— Au revoir, miss Catastrophe !

C'est fini. L'avion disparaît par la fenêtre dans un grand fracas de mur cassé. Benoît le suit en faisant « bzzz, bzzz ». Et moi, je me retrouve toute seule, abandonnée sur mon radeau.

Le bruit du moteur s'éteint bientôt à l'horizon.

Maintenant, les vaguelettes de Mme Lenoir m'arrivent presque jusqu'aux chevilles.

Combien de minutes me reste-t-il à vivre ? Cinq, dix ? Le temps que la mer gluante atteigne ma taille, puis mes épaules, puis mon cou. Et qu'elle monte encore... Le menton... les lèvres... le nez... les yeux... le front... Durant quelques secondes, mes cheveux carottes râpées flotteront encore à la surface avant de disparaître à leur tour... Deux trois bulles, puis plus rien... La maîtresse m'aura engloutie...

Pauvre papa, pauvre maman, pauvre Rémi, pauvre Hot-dog surtout, comme ils vont être tristes !

Ah, si seulement ils m'avaient écoutée, ce matin ! S'ils m'avaient laissée dans mon lit, avec mon chien et mes B.D... On ne devrait jamais forcer les enfants à se lever pour aller en classe !

Les clapotis de Mme Lenoir accompagnent mes regrets.

7

Dans le Trou de Mémoire !

C'est la fin. Avec une dernière pensée d'adieu pour ma famille, je m'apprête à sombrer dans le néant, lorsque :

— Félicitations, Zoé ! Tu as fait du beau travail !

L'exclamation me tire de ma semi-conscience et, l'espace d'un instant, j'ai l'impression d'avoir échoué sur une plage, après un naufrage.

Je cligne les yeux. Une grande ombre est penchée sur moi. Je me redresse d'un bond.

— Ma... madame Lenoir ? ! ?

Eh oui, Mme Lenoir en chair et en os, qui me

toise du haut de son mètre soixante-cinq. Elle est furibonde.

— Te rends-tu compte du désastre que tu as provoqué ? fulmine-t-elle. Toute la classe a failli se noyer !

Je rentre la tête dans les épaules d'un air penaud, et tout ce que je trouve à répondre, c'est :

— Heureusement que le sortilège disparaît au bout de quelques minutes !

La classe, en effet, ne semble pas trop avoir souffert de l'incident. Les murs, les bancs et le sol sont secs. Impossible de se douter qu'il y a encore cinq minutes, tout était inondé.

— Ce n'est pas une excuse ! vocifère la maîtresse.

Puis, avec un rictus cruel, elle ajoute, mielleuse :

— Tu te souviens de ce que j'ai dit, tout à l'heure ?

— Euh... à quel propos ?

— À propos des sorciers et des sorcières distraits...

Son rictus s'étire jusqu'à ses oreilles.

— As-tu déjà entendu parler des Trous de Mémoire ?

Je ne réponds pas, je claque des dents. C'est le seul son que je suis capable de produire.

— Les Trous de Mémoire, Zoé... LES TROUS DE MÉMOIRE..., répète Mme Lenoir entre deux ricanements. Là où on jette ceux qui oublient leurs formules...

Elle lève les bras, et aussitôt un vent violent l'enveloppe, gonflant sa chevelure et sa grande jupe noire. Les fenêtres claquent, les meubles se renversent. L'estrade et le tableau sont soufflés comme des fétus de paille. Puis au cœur de la tempête naît un cyclone, tourbillon obscur balayant tout sur son passage.

Sous l'agression des éléments en furie, je me roule en boule et je crie à pleins poumons :

— Papa ! Maman ! Rémi ! Hot-dog ! À l'aaaaaide !

Trop tard, l'ouragan est déjà sur moi et m'entraîne dans le sol où il fore un passage, comme aspiré par les profondeurs de la terre. Le rire satanique de Mme Lenoir accompagne longtemps ma chute, puis peu à peu s'éteint, avalé par l'espace.

*

* *

Je ne sais pas si vous êtes comme moi, mais l'obscurité complète, je ne supporte pas. Quand maman ferme les volets, je panique. Il me faut toujours une petite lueur, une veilleuse par exemple, ou un rai de lumière filtrant sous la porte.

Or, dans l'endroit où je viens d'échouer règnent les ténèbres absolues. Un noir d'aveugle, de colin-maillard quand le bandeau est bien serré.

D'instinct, je tends les mains pour tâter autour de moi ; je ne rencontre que du vide.

J'écoute ; le silence est tellement lourd qu'il me comprime les tympans.

Je respire ; pas la moindre odeur.

C'est donc ça, un Trou de Mémoire ? Un lieu où on n'a aucune sensation. Un lieu qui n'existe pas, et où on n'existe pas non plus ?

Est-ce que « ne plus exister », ça veut dire être mort ?

Impossible ! Si j'étais morte, je le saurais. Je suis bien vivante, au contraire ! Quand je me touche, je me sens. Quand je me pince, j'ai mal. Et quand je dis « aïe ! » je m'entends râler !

Non, ce que j'éprouve me rappelle autre chose. Parfois, le soir dans mon lit, je joue à rester toute

seule avec moi-même. Je ferme les yeux, je me bouche les oreilles, et c'est comme s'il n'y avait plus que moi au monde. Je tiens aussi longtemps que je peux, jusqu'à ce que la solitude me donne le tournis. Eh bien ici, c'est pareil, sauf que ce n'est pas un jeu. Et que ce n'est pas moi qui décide quand ça cesse.

Bon, je n'ai pas le choix : je vais m'armer de patience et attendre que Mme Lenoir lève ma punition.

J'espère qu'elle ne tardera pas trop.

*

* *

Et si... (Un frisson glacé me parcourt soudain les omoplates.) Et si j'étais ici définitivement ? Si la maîtresse n'avait pas l'intention de me laisser sortir ? Si je ne devais plus jamais revoir la lumière ?

Si Mme Lenoir m'avait tout simplement... (gloups !) enterrée vive ?

— Aaaaaaahhhh !

Le hurlement est sorti tout seul de ma gorge, je n'ai pas pu le retenir. Enfermée dans les profondeurs de la terre, prisonnière de l'obscurité, condamnée au néant à perpète, je crie à pleins poumons. Mes cris, c'est tout ce qui me reste.

— Aaaaaaahhhh ! Aaaaaahhhh ! Aaaaaa-ahhhhh !

L'angoisse augmente encore. Hurler ne me suffit plus, je me mets à courir. N'importe où, sans but, droit devant moi. Les bras tendus, pour amortir le choc au cas où je trébucherais.

Soudain : chtac !

— Ouillouillouille ! Vous m'avez mis le doigt dans l'œil !

La protestation a jailli d'un obstacle mou que je viens de heurter. Je me fige sur place.

— Ex... cusez-moi, je... je ne l'ai pas fait exprès...

— Bon, je vous pardonne, mais ne recommencez pas !

Quelqu'un ! Il y a quelqu'un ! La première surprise passée, je bredouille :

— Qui... Qui êtes-vous ?

Mon cœur, qui depuis un instant se prend pour un marteau-piqueur, fait un chahut de tous les diables dans ma poitrine. C'est la joie qui le fait battre ainsi. La joie et le soulagement. Mettez-vous à ma place : JE NE SUIS PLUS SEULE DANS LE NÉANT.

Une main cherche la mienne à tâtons, la trouve, la serre avec énergie.

— Je m'appelle Sam, et j'ai dix ans.

Le contact est chaud et amical. Je me sens tout de suite en confiance.

— Zoé, dix ans aussi. Je suis très contente de t'avoir rencontré. On pourrait peut-être se tutoyer ?

— D'ac... Tu es là depuis longtemps ?

— Je viens d'arriver, et toi ?

— Ça doit bien faire deux ou trois ans. Mais tu sais, ici, le temps ne compte pas vraiment !

Je sursaute.

— Deux ou trois ans ! ? ! Dans ce trou ?

Deux ou trois ans... autant dire l'éternité ! Deux ou trois ans de punition... Mes plus horribles soupçons se confirment !

J'entends Sam qui se marre.

— Il y a pire, tu sais ! J'ai des copains qui ne se souviennent même pas quand ils sont arrivés !

J'essaie d'apercevoir sa silhouette. En général, quand on fixe assez longtemps l'ombre, des formes finissent par apparaître. Mais ici, rien à faire. J'ai beau scruter l'obscurité tant que je peux, elle reste parfaitement opaque.

— Pourquoi...

Ma gorge est si serrée que j'ai du mal à parler.

— ... Pourquoi t'es ici ?

— Accord des participes passés, et toi ?

— Moi aussi. Mme Lenoir ?

— Évidemment !

Un silence. On rumine, tous les deux. Dans nos têtes, on doit être en train de massacrer la même personne.

— Tu es toujours là, Zoé ? demande Sam au bout d'un moment.

— Oui.

— Viens, on va retrouver les autres.

Il reprend ma main. Je me laisse entraîner sans rien dire. Ce que je viens d'apprendre m'a vidée de mon énergie. À quoi bon vivre si c'est pour passer le reste de mes jours au fond d'un trou, comme un ver de terre ?

— Ne te laisse pas abattre, va ! tente de me rassurer Sam, tandis que nous avançons à l'aveuglette. Au début, ça paraît terrible, mais tu t'habitueras vite. Tu apprendras à te débrouiller, tu te feras des amis, tu trouveras des occupations...

Nous tournons à droite, puis à gauche, ensuite nous continuons tout droit. J'ai l'impression qu'on emprunte des galeries, mais je n'en suis pas sûre. En tout cas, l'itinéraire est compliqué. Ce que je me demande, c'est comment Sam fait pour s'orienter.

— Question de pratique, m'explique-t-il sans même que j'aie besoin de lui poser la question. Je connais cette partie du souterrain comme ma poche.

— Mais... Il n'y a pas du tout de lumière ? Nulle part ?

— Ben non... Où veux-tu qu'on en trouve ?

— Je ne sais pas, moi... Personne n'a un briquet, des allumettes ?

— On était tous en classe quand on s'est fait punir. Tu apportes du feu en classe, toi ?

Logique.

Au loin, je perçois des rumeurs de conversation.

— Nous arrivons, dit Sam.

Quelques secondes plus tard, une foule invisible se presse autour de nous.

8

La Tribu des Oubliettes !

— Je vous présente Zoé, la dernière victime de Mme Lenoir, annonce Sam.

Les conversations s'arrêtent net.

— Bienvenue dans la Tribu des Oubliettes ! s'écrie quelqu'un. Les ennemis de la sorcière sont nos amis.

— Accord des participes passés ? claironne un garçon à pleins poumons.

— Bien entendu ! répond Sam.

Des doigts me palpent au passage.

— Elle a l'air jolie, fait une voix flûtée.

— Parle-nous, Zoé, pour qu'on puisse t'imaginer, réclame une autre, plus grave.

Et un adorable zézaiement ajoute :

— Sois zentille, raconte-nous comment c'est, là-haut. Z'ai oublié...

Toutes ces voix qui me sollicitent m'impressionnent un peu. Mais en même temps, c'est si rassurant d'être en groupe que je surmonte ma timidité.

Je toussote, et je sors la première chose qui me passe par la tête :

— Euh... Ce matin, il y avait du soleil...

Des murmures d'extase s'élèvent :

— Du soleil !

— Ça existe encore ?

— Ze suis sûre que c'est très zoli ! Explique-nous, Zoé !

En écoutant mes nouveaux amis, je fais une étrange découverte. Pour remplacer la vue, finalement, l'ouïe est assez efficace. Je ne me doutais pas que les voix avaient des visages, les sons des formes et des couleurs. Dans cet univers obscur, créer ses propres images devient très vite automatique.

Le zézaiement, par exemple, doit avoir une petite bouille farceuse et deux couettes attachées par des rubans rouges ou des chouchous à fleurs. La voix flûtée est sûrement frêle et pâle, avec une allure de ballerine. Le clairon... Lui, aucun doute, c'est un grand costaud à la tignasse hirsute. Pour les deux qui restent, je ne suis pas encore fixée, mais ça viendra quand on se connaîtra un peu mieux.

Et Sam, comment je me le représente ?

Plutôt blond, les cheveux en brosse, les oreilles décollées. Des yeux bleus qui se marrent tout le temps. Des taches de rousseur qui lui donnent un air impertinent.

— Pourquoi tu ne dis plus rien, Zoé ? proteste la voix flûtée.

— Ben... Je voudrais bien connaître vos noms.

— D'ac ! Moi, je m'appelle Sarah.

— Moi, Antoine.

Ça, c'est le costaud qui vient de parler.

— Moi, Zinette, mais on dit Zizi.

Je traduis : Gigi.

— Moi, Jean.

— Et moi, Omar.

— La Tribu des Oubliettes au grand complet, précise Sam. On est six... Sept avec toi.

Je fais « oui » de la tête, en oubliant que les autres ne peuvent pas me voir. Ici, les mimiques ne servent à rien. Il faut obligatoirement parler si on veut se faire comprendre.

Je demande :

— Vous vous connaissiez avant ?

Cette fois, c'est Omar qui répond. Lui, je me le figure... voyons... très brun, mince, des yeux noirs perçants... Un genre de prince oriental... Normal, avec un nom pareil !

— Non, on s'est presque tous rencontrés ici.

— Chacun de nous a longtemps erré en solitaire avant de croiser les autres, explique Sarah. Ce Trou de Mémoire est un vrai labyrinthe ; des circuits de couloirs et de galeries qui se coupent et s'entrecoupent à l'infini.

J'ai un frisson involontaire.

— Brrr... Alors, si Sam ne m'avait pas trouvée, j'aurais pu rôder pendant des jours et des jours ?

— Oui, font six voix à l'unisson.

— Et... peut-être me perdre définitivement ?

— Dé-fi-ni-ti-V^{e}-ment !

— On n'a jamais réussi à explorer le Trou de Mémoire jusqu'au bout, explique Omar. Même en vingt ans, même en cent ans, c'est impossible d'en faire le tour.

Je me tais, le ventre noué par la peur. Quand je pense à quoi j'ai échappé ! Je me vois, tâtonnant dans les ténèbres jusqu'à la fin de mes jours... Un pas devant l'autre, puis encore un, sans but, sans espoir. Personne à qui parler, rien que le noir et le silence. Et les années qui passent, lentes, si lentes...

Vite, chassons cette insupportable pensée ! Parlons... cuisine, par exemple !

— Euh !... Comment vous faites pour manger ?

Sam se met à rire.

— On ne mange pas, pardi, et on ne boit pas non plus ! Dans le monde de l'oubli, il n'y a ni jour, ni nuit, ni sommeil, ni repas. Juste un moment présent qui dure l'éternité.

Là, je suis carrément abasourdie.

— C'est... c'est abominable. Tout ça parce qu'on n'a pas appris nos leçons ? On n'a pas mérité une punition pareille, quand même !

— Mme Lenoir est une femme très méchante ! signale Omar.

— Une vieille vache ! précise Antoine.

— Une punaise ! renchérit Sarah.

— Un cafard ! Une araignée !

— Une grande limace sauvaze pleine de poils zaunes et rouzes !

La voix de Jean – une voix au timbre curieusement adulte – interrompt la litanie :

— Ça sert à quoi de vous mettre dans cet état, les amis ? De toute façon, notre maîtresse, on ne la reverra plus jamais. On est enfermés ici pour toujours...

Il se tait, mais son dernier mot – ce mot terrible, désespéré – continue à résonner dans le silence. « Toujours... toujours... toujours... », répète l'écho qui court le long du labyrinthe et se perd dans les profondeurs de la nuit.

*
* *

Il y a au moins une heure (même si le temps ne compte plus pour mes copains, pour moi il existe encore !) que je suis adossée à la paroi, et que je réfléchis. La petite Gigi s'est assise près de moi. Elle a posé la tête sur mon épaule. D'un geste machinal, je lui caresse les cheveux. Pas des couettes, mais de longues mèches très fines et très douces qui s'entortillent autour de mes doigts.

Non loin, Omar, Antoine et Sarah jouent au portrait. Sam est parti se balader dans les couloirs.

Jean ne dit rien, mais je l'entends qui fait craquer ses phalanges.

— Qu'est-ce que vous devez vous ennuyer !

J'ai à peine chuchoté cette remarque, mais Jean l'a entendue. Il soupire :

— On s'occupe comme on peut... Au début, chacun d'entre nous a vidé ses poches, et on a tout mis en commun. Avec le canif d'Antoine, on a dessiné et écrit sur les murs. Grâce au relief, les autres pouvaient déchiffrer ces graffitis du bout des doigts, comme en braille. Ça nous a permis de faire des « pendus », des « morpions » et des « combats navals ». Mais on s'est vite lassés...

— Avec la ficelle d'Omar, z'ai appris à sauter à la corde dans le noir, l'interrompt Gigi.

— On a fait durer les chewing-gums de Sam le plus longtemps possible, mais il y a longtemps qu'ils n'existent plus !

— Les Kleenex de Sarah, pareil. À force de se moucher dedans, c'est devenu des boules toutes dures. On a fini par les zeter.

Un long moment passe. Je pense à la tribu qui s'organise, aux fonds de poches récupérés dans les blousons et dans les jeans. Des objets dérisoires qui, pour les naufragés des ténèbres, sont devenus, durant un certain temps, d'inestimables trésors...

Tiens, à propos... dans mes poches à moi, qu'y a-t-il d'intéressant ?

J'y enfonce la main.

Qu'est-ce que c'est que ce truc ?

— Ooooooh !

Le cri a jailli en même temps de la bouche de Gigi et de celle de Jean. Dans le creux de ma paume brille une minuscule lueur verte.

Le ver luisant de Carole.

Ça alors ! Mme Lenoir ne l'a pas fait disparaître avec les autres, celui-là ? En fait, elle ne devait même pas se douter de son existence !

— Ze vois quelque soze ! Ze vois quelque soze ! bredouille Gigi, bouleversée.

Jean ne dit rien, mais laisse échapper un léger sanglot. Il pleure de bonheur.

Les trois autres se sont précipités. Ils se pressent à présent autour de moi, éblouis eux aussi par le fragile miracle.

— Je ne me rappelais plus comment c'était, la lumière..., balbutie Antoine.

— On dirait une petite étoile..., murmure Sarah.

— Que c'est beau ! s'extasie Omar.

— Prête-le-moi, s'il te plaît ! supplie Gigi.

— Oh oui, à moi aussi !

— Et à moi !

La délicate merveille passe de main en main.

Un ver luisant, on ne peut pas dire que ça éclaire beaucoup. Mais dans le noir absolu, ce point phosphorescent produit néanmoins un effet extraordinaire : il change la consistance de l'atmosphère.

Vous n'avez jamais remarqué combien l'obscurité est oppressante ? On a l'impression qu'elle pèse des tonnes sur nos paupières. Eh bien, ce poids vient brusquement de se dissiper. Grâce à un minuscule lampyre[1], l'atmosphère est redevenue légère. Six paires d'yeux avides se nourrissent d'un petit brin de clarté. Six enfants des ténèbres renaissent à la lumière.

Un bruit de pas... Voilà le septième !

Sam arrive en courant. De loin, il a aperçu l'infime lueur verte.

— Zoé... Zoé..., halète-t-il, tout essoufflé. Oh, Zoé... Tu es merveilleuse !

Et sa bouche fraîche se pose sur ma joue.

Heureusement qu'il fait noir, sinon tout le monde me verrait rougir !

---

1. Nom savant du ver luisant.

9

Sauvés par l'antisèche !

— Tu n'as plus rien dans tes poches, Zoé ? demande gentiment Gigi.

Toute la tribu est assise en rond autour du ver luisant. Il y a des heures et des heures que ça dure. Personne ne parle, personne ne bouge. On regarde et on se sent bien. On doit avoir l'air de sept vers de terre amoureux d'une étoile !

Gigi est la première à troubler ce silence recueilli.

C'est vrai, au fait ! J'étais tellement contente de ma trouvaille que je n'ai pas cherché dans l'autre poche.

Voyons, voyons... Tiens ? Qu'est-ce que c'est encore que ça ?

Un petit bout de papier plié en quatre.

Je me demande ce qu'il y a d'écrit dessus... Je ne me rappelle pas l'avoir fourré là.

— Désolée, Gigi, mais je n'ai plus rien d'intéressant.

— Ah bon... Dommaze.

— Si on chantait ? propose Sarah.

Dans la nuit des oubliettes s'élève un chœur très doux, sur la mélodie de *La Mère Michel :*

Nous avions des parents,
des maisons, des jardins,
Et pour nous le soleil
se levait chaqu'matin
Mais l'affreuse Lenoir
a changé nos destins
Dans le Trou de Mémoire
il n'y a plus rien de rien...

C'est d'une telle tristesse, ces voix de prisonniers chargées de regrets, que je sens les larmes me monter aux yeux.

Adieu mon canari,
mon hamster et mon chien,
Ma sœur tell'ment gentille
et mon frèr' si taquin,
Adieu tous les amis,
adieu tous mes voisins,
Dans le Trou de Mémoire
on n'a plus rien de rien...

Moi aussi, j'ai laissé tous ceux que j'aimais, là-haut. Mon papa, ma maman, mon Hot-dog et sa jolie truffe brillante... Mon « grand frère si taquin », avec sa petite tête et ses énormes pieds...

Sans crier gare, un souvenir resurgit avec tant de précision que ça me donne un choc. Celui d'une ombre se faufilant dans ma chambre et glissant quelque chose dans mes vêtements en chuchotant : « En cas de trou de mémoire, ça peut te rendre service ! »

Sous l'effet de la surprise, je manque de crier.

Voyons, tâchons de rassembler nos idées. À quelle occasion est-ce que ça s'est passé ?

J'avais une leçon de grammaire à apprendre, et je n'y arrivais pas. Rémi m'a dit que lui aussi avait séché sur les accords des participes passés. Et le soir même...

Mon cerveau fonctionne à cent à l'heure. Cet épisode que j'avais oublié me semble maintenant d'une formidable importance. Il faut que je comprenne...

— En cas de trou de mémoire, ça peut te rendre service ! a dit Rémi.

Et si cette phrase-là, c'était la clé de la liberté ?

Qu'est-ce qu'on donne « en cas de trou de mémoire » à une écolière qui peine sur ses leçons ?

UNE ANTISÈCHE ! ! !

Le petit bout de papier plié en quatre, c'est une antisèche, j'en suis sûre maintenant. Et dessus, il y a...

— Génial !

Les chants s'arrêtent net.

— Qu'est-ce qui te prend, Zoé ? s'étonne la tribu.

— J'ai trouvé la solution pour sortir d'ici !

Un brouhaha incrédule accueille mes paroles.

— Tu es devenue marteau !

— Si c'est une blague, elle est de très mauvais goût !

Brandissant triomphalement le papier de Rémi, je m'exclame à pleins poumons :

— J'ai une antisèche sur laquelle tous les accords sont écrits !

La réaction de mes compagnons n'est pas celle que j'attendais.

— Et alors ? dit Antoine. Que veux-tu qu'on en fasse ?

— C'est quand Mme Lenoir nous a interrogés qu'elle nous aurait été utile. Mais maintenant...

Je bondis.

— Mais vous êtes complètement idiots, ma parole ! Les accords des participes, CE SONT DES FORMULES MAGIQUES !

Un instant de flottement. Ce que je viens de dire fait peu à peu son chemin dans les esprits.

— Des formules magiques ? hésite Sam.

— Des formules magiques..., répète Jean, concentré.

Cri aigu de Gigi :

— Des formules maziques !

— Ah, enfin ! Vous comprenez vite, mais il faut vous expliquer longtemps ! Avec ce papier, on peut s'envoler, faire apparaître des choses, se transformer les uns les autres...

— S'envoler..., bredouille Sarah, incrédule.

— Faire apparaître des choses...

— Se transformer les uns les autres...

La tribu a du mal à réaliser. À croire que ce

long séjour dans l'obscurité leur a ramolli la cervelle !

Jean retrouve son sang-froid le premier.

— C'est bien joli tout ça, mais comment tu vas faire pour la lire, ton antisèche, hein ?

Je n'avais pas pensé à ça. Ma déception est telle qu'après quelques secondes de stupeur, j'éclate en sanglots.

Une petite voix tendre me tire de mon chagrin.

— Sois zentille, Zoé, prête-moi ton antisèche.

Gigi a pris le ver luisant dans le creux de sa paume. Je lui tends le papier. Elle y dépose l'animal.

— Regardez, on a une mini-lampe..., murmure-t-elle.

— Assez d'enfantillages, Gigi ! la rabroue durement Jean. Cette bestiole n'éclaire pas assez !

Mais Gigi ne répond pas, elle rit. Juste à l'endroit du ver luisant, on distingue parfaitement un « À ».

Une bouffée d'espoir m'envahit.

— En déchiffrant une lettre après l'autre, on peut y arriver !

— Pfuit ! ronchonne Omar. Le temps de parvenir à la fin d'un mot, tu auras déjà oublié ce qui précède !

— Pas si on le grave dans le mur au fur et à mesure ! s'écrie Sam. Antoine, passe-moi ton canif !

L'instant d'après, toute la tribu ânonne d'une seule et même voix : « L... E... P... A... R... T... I... C... I... P... E... P... A... S... S... É... », en poussant délicatement le ver luisant de lettre en lettre.

10

La tribu s'évade

— Bon, maintenant qu'on a les deux règles de grammaire, qu'est-ce qu'on fait ? demande Sam.

— Ben, on fiche le camp, pardi !

— D'accord, mais comment ?

Je n'y ai pas encore réfléchi, mais à mon avis, ça ne doit pas être trop compliqué.

— On pourrait s'envoler sur un balai, comme les sorcières ? suggère Sarah.

— Ah oui ? rétorque Antoine. Et où tu vas le trouver, ton balai ?

— Et par où tu comptes t'envoler ? ajoute Omar.

— Il faudrait une fenêtre..., dit Jean.

Une fenêtre... Oui, bien sûr, ça solutionnerait tout. Mais il n'y en a pas...

— Et si on en faisait apparaître une ? propose Gigi.

J'applaudis : je trouve cette idée formidable.

— C'est possible, ça ? s'enquiert Antoine, méfiant.

— Fastoche ! Avec l'accord du verbe avoir, on peut créer tout ce qu'on veut !

— Tu crois que ça marchera, ici ? s'inquiète Sarah.

— On peut toujours essayer... Vous êtes tous d'accord pour la fenêtre ?

— Moi, je préférerais une porte, dit Jean. C'est plus pratique pour sortir.

— Qui va prononcer la formule ? demande Sarah.

— Sam, propose Antoine. C'est lui qui lit le plus vite avec les doigts.

— O.K. ! dit Sam, mais vous m'aidez. Vous faites tous le souhait en même temps que moi !

La recommandation était inutile : une porte qui s'ouvre sur la liberté, c'est l'obsession de tous les prisonniers.

— *Le participe passé conjugué avec l'auxiliaire*

« avoir » s'accorde avec le complément d'objet direct placé avant le verbe. S'il n'y en a pas ou s'il est placé après, le participe passé reste invariable.

La tribu retient son souffle dans l'attente du miracle.

Rien ne se passe.

Après un long moment de silence consterné, la petite voix de Gigi s'élève dans le noir :

— Loupé !

— Ça ne pouvait pas marcher, c'était trop beau..., gémit Sarah.

— Les sortilèges ne fonctionnent pas dans les Trous de Mémoire..., hoquette Antoine.

— Il ne nous reste plus qu'à crever ici, comme de vulgaires rats ! gronde Jean.

Bientôt, le souterrain s'emplit d'une rumeur confuse : les lamentations des enfants des ténèbres.

Je m'en veux énormément. Si je n'avais pas peur d'avoir mal, je me giflerais !

Mes pauvres compagnons... J'aurais mieux fait de me taire, au lieu de leur donner de faux espoirs ! Jamais je ne me pardonnerai de les avoir autant déçus.

— Mais... ?!?

Soudain, je sursaute, et ma colère tombe d'un coup. J'ai des visions ou quoi ?

Il me semble... que j'aperçois quelque chose. Une ligne verticale, si ténue qu'on la remarque à peine.

Le cœur battant, je m'approche. Je tends les doigts, je tâte. La ligne est incrustée dans le mur.

Il en a une drôle de forme, ce mur ! On dirait... mais oui !

Une porte ! Je sens une porte ! Une porte avec un tout petit peu de jour autour !

— Venez vite voir !

Je plaque les deux mains sur la paroi et je palpe fébrilement. Un chambranle... des charnières... une serrure... une poignée... Je la tourne. La porte s'ouvre en grinçant.

Un flot de lumière envahit le Trou de Mémoire.

Derrière moi éclate un vacarme assourdissant. Mais ce ne sont pas des cris de joie, ce sont des hurlements de douleur.

— Ça brûle ! proteste la tribu en se cachant les yeux.

Agressée, moi aussi, par la violence de la clarté, je repousse vivement le battant.

— Libres... nous sommes libres..., halète Sarah, une fois l'obscurité revenue.

— Nous avons réussi ! bredouille Sam.

— Il faut juste qu'on se réhabitue à la lumière.

— Moi, dit Gigi, ze vais envelopper mon vizaze dans ma zupe. Comme ça, ze pourrai m'en aller sans être zênée et me réhabituer progressivement !

— Bonne idée ! s'écrient tous les autres.

Un instant plus tard, la tribu masquée sort de sa prison.

*

* *

Je suis, bien entendu, la première à pouvoir regarder.

D'abord, tout est trouble et je ne vois que du vert. À gauche, à droite, au-dessus, en dessous... Puis, petit à petit, le paysage se précise.

Nous sommes dans une forêt. Mais pas une forêt de chênes ou de sapins. Non, une jungle tropicale, remplie de palmiers et d'orchidées.

Ahurie, je me tourne vers mes compagnons. Et là... Pour une drôle de surprise, c'est une drôle de surprise : je ne vois que des étrangers ! Des êtres complètement différents de ceux que j'avais imaginés.

D'abord, ce ne sont pas des enfants, mais des adultes. Des adultes portant des vêtements d'écoliers.

Enfin, pas tous. Parmi eux, il y a un adolescent de douze ou treize ans qui cache son visage sous son bras.

— Euh... Tu es qui, toi ?

L'adolescent réagit aussitôt :

— Sam, évidemment ! Qu'est-ce qui te prend, Zoé ?

— Sam ? ! ?

Il n'est pas blond et plein de taches de rousseur, mais noir de la tête aux pieds. Du beau noir d'ébène des garçons d'Afrique.

— Ça alors, si je m'attendais... Et toi, qui es-tu ?

C'est à une grosse dame que je m'adresse maintenant. Une grosse dame pas plus grande qu'une fillette de dix ans, avec une jupe plissée et des chaussettes blanches qui dégringolent sur ses mollets.

— Ben Sarah, tiens ! Tu ne me reconnais pas ?

Sarah ? !

Inutile d'être vexante. Par politesse, je cache ma déception du mieux que je peux.

— C'est que... je ne connaissais que vos voix...

— Nos physiques te surprennent ? demande Jean.

Lui, il a au moins quarante ans et porte une petite barbiche grise. Ses culottes courtes et son polo rayé lui donnent vraiment une curieuse allure !

— Et moi, Zoé, ze suis comment ?

— G... Gigi ?

Gigi a ramené sa robe au-dessus de sa tête. Une robe à volants comme celle des petites filles modèles de la comtesse de Ségur, avec un joli pantalon en dentelle, des bas noirs et des bottines à boutons.

De l'amas de jupons relevés dépasse une touffe de cheveux. Des cheveux tout blancs. Les cheveux d'une très vieille femme...

Gigi est une très vieille petite fille.

Bouleversée, je me précipite vers elle pour la prendre dans mes bras.

— Même si ze suis un peu plus âzée que toi, ze reste touzours ton amie, hein ? gazouille-t-elle.

Je lui jure que oui, en la serrant de toutes mes forces.

— Depuis combien de temps étais-tu enfermée, ma Gigi ?

D'un geste insouciant, elle hausse ses épaules menues :

— Ze ne sais pas... un siècle, peut-être ?

— Un siècle ? Mme Lenoir était déjà institutrice à cette époque-là ?

— Oh, les sorcières, tu sais, ça vit longtemps !

Des jumeaux en costume marin, chauves et souriants, s'avancent bras dessus, bras dessous. Qui c'est, ceux-là ?

— Omar et Antoine, se présentent-ils, avec une double courbette.

— Comment ? Vous... vous êtes frères ?

— Ben oui !

— Et vous avez été punis en même temps ?

— Ben oui : tout le monde nous confond tellement on se ressemble.

— Il n'y a que vos voix qui sont différentes, signale Sam.

— Mais pour s'en rendre compte, il faut avoir l'ouïe fine ! pouffe Antoine.

— Une ouïe d'aveugle...

Progressivement, tous les membres de la tribu ont recouvré la vue. Clignotant des paupières, larmoyant, les paumes en visière sur le front ou les yeux protégés par leurs doigts écartés, ils s'observent les uns les autres avec étonnement. Eux non plus ne s'imaginaient pas comme ça !

Dans les branches, des perroquets multicolores lancent des cris discordants. Une nuée d'insectes grésille sous la mousse. Les fleurs répandent un parfum capiteux.

Un grand panneau cloué sur un tronc d'arbre indique : *Jungle des Souvenirs.*

— Si on allait visiter ce merveilleux endroit ? propose Jean.

À sa suite, toute la troupe s'enfonce dans la verdure. Avec un grincement que personne n'entend, la porte du Trou de Mémoire se referme lentement.

11

La Jungle des souvenirs

Très vite, Gigi commence à traîner les pieds. Avec ses petites bottines de grand-mère, elle se tord les chevilles à chaque pas.

Cette forêt vierge, faut dire, ce n'est pas un parc d'attractions ! La végétation est si dense que pour avancer, on doit se bagarrer contre la nature. Des fouillis de branches et de lianes, des murailles de buissons bardés d'épines, d'infranchissables rideaux d'orchidées nous barrent sans cesse la route. Nous sommes obligés de les contourner, de les escalader, ou de nous tailler un passage à la machette, comme dans *Les Aven-*

turiers de l'Arche perdue. Or, de machette, personne n'en a. Notre seul équipement, c'est le canif d'Antoine...

— Ces zeux-là ne sont plus de mon âze ! gémit Gigi en se laissant tomber, tout essoufflée, entre les racines d'un énorme baobab.

— Allons, allons, un peu de courage ! l'exhorte Sam.

Gigi secoue avec entêtement ses boucles blanches.

— Du couraze ? Facile à dire quand on a des zambes de treize ans ! ronchonne-t-elle.

Bien décidée à la défendre contre tout et contre tous, je m'assieds près d'elle et je passe mon bras autour de ses épaules.

— Laissez-la tranquille ! Je vais rester ici avec elle, vous n'avez qu'à continuer sans nous.

— Mais... qu'allez-vous devenir, toutes les deux ? proteste Jean.

— Ne t'inquiète pas, va, on se débrouillera ! On est des grandes filles, hein Gigi !

Gigi hoche affirmativement la tête.

— On ne reviendra peut-être pas avant longtemps, nous prévient Jean.

— Il y a tant de choses à faire, dans la Jungle des Souvenirs ! ajoute Antoine.

Je m'étonne :

— Quoi, par exemple ?

— Découvrir les événements qu'on aurait dû vivre, dit Sarah.

— Apprendre les leçons qu'on n'a pas étudiées, continue Omar.

— Saisir les chances qu'on a laissées passer, reprend Antoine.

— Rencontrer les êtres qu'on aurait pu aimer, poursuit Jean.

— Bref, retrouver notre existence perdue.

— Quand on est resté des années et des années dans un Trou de Mémoire, forcément, on a du temps à rattraper ! achève gravement Omar.

Mais... De quoi parlent-ils ? Je ne comprends rien à toutes ces salades !

Gigi, qui a senti mon embarras, me sourit gentiment.

— Leur passé est enfoui quelque part dans cette zungle, explique-t-elle. À chacun d'eux de le trouver.

— Mais... que vont-ils en faire ?

Son sourire devient nostalgique.

— Nos souvenirs, Zoé, c'est le plus grand trésor qu'on possède. En nous enfermant dans le Trou de Mémoire, Mme Lenoir nous en a privés...

S'adressant aux autres :

— Allez, les copains, ne vous occupez pas de nous ! Partez à la recherche de votre histoire, et bonne chance ! Moi, ze suis trop vieille pour ce zenre d'expédition, et Zoé, elle, est trop zeune. À part sa règle des participes passés, elle n'a rien oublié du tout.

Nos compagnons se dandinent d'un pied sur l'autre, visiblement mal à l'aise. Et moi, en les regardant, je sens ma gorge se serrer. Ils sont si poignants, ces êtres passés de l'enfance à l'âge adulte comme s'ils avaient enjambé leur vie !

Jean, le barbu en culotte courte... Je l'imagine bien médecin, ou professeur. Ou encore écrivain célèbre. Combien d'œuvres, d'inventions, de découvertes scientifiques lui sont passées sous le nez, à cause de cette punition ?

Et Sarah ? Avant que la captivité ne la rende obèse, elle était peut-être douée pour le ballet, la comédie, le patinage artistique... ou alors, pour le rôle de maman, tout simplement...

Et les jumeaux, avec leur ridicule petit costume marin ? À côté de quel avenir sont-ils passés ?

Et Sam ?

Sam, ce n'est pas pareil. Vu son âge, il n'a pas dû rater grand-chose.

Le cœur battant un peu trop fort, je lui demande :

— Euh !... Toi, Sam, tu n'as perdu que deux ou trois minuscules années... Tu pourrais peut-être rester avec nous ?

Sam éclate de rire. Et dans sa figure noire, cette bouche rose, je n'ai jamais rien vu de plus joli !

— Non, je pars avec eux, répond-il. Moi, ce n'est pas mon passé que je recherche, mais celui de mon peuple. Je veux découvrir mes racines, apprendre les légendes de mon Afrique natale, ses secrets, ses coutumes, ses chants, ses danses... J'ai toujours rêvé de devenir ethnologue...

Je ne peux m'empêcher de soupirer. Dommage... Pour une fois qu'un garçon me plaisait vraiment...

Après de longs adieux, la petite troupe s'éloigne. La dernière vision que j'ai de mes amis, ce sont cinq adultes pas plus grands que des gosses de dix ans, s'enfonçant parmi les hautes herbes, puis disparaissant peu à peu dans le gouffre vert.

*

* *

— Bon, qu'est-ce qu'on fait, maintenant ?

Il y a des heures que nous bavardons, Gigi et moi, assises entre les racines de notre baobab, et le jour commence à baisser. Le soleil qui se couche teint le feuillage en rouge.

— Toi, tu rentres chez toi ! dit lentement Gigi.

Je fais un bond en l'air.

— Quoi ?

Dans sa frimousse ridée, les yeux de la vieille petite fille sont pleins de douceur.

— Tes parents, ton frère et ton chien t'attendent. Ils doivent s'inquiéter.

— Pas question que je t'abandonne, Gigi. Tu te rends compte, rester toute seule dans cette forêt vierge, à la merci de... je ne sais pas, moi, de fauves, de serpents, de fourmis géantes...

Gigi pose sa petite main sèche, parcourue de veines bleues, sur la mienne.

— Dans la Zungle des Souvenirs, il n'y a pas de bêtes sauvazes, zuste des animaux domestiques. Les chiens, les chats, les poissons rouzes qu'on a perdus et qu'on regrette... Et ceux-là, ils ne sont pas danzereux !

— Je m'en fiche, je reste quand même avec toi ! J'ai trop peur qu'il t'arrive quelque chose. Je me sens responsable de toi, ma Gigi. Tu sais, je te considère un peu comme ma petite sœur...

Elle n'insiste pas, me caresse la joue du bout des doigts, puis se lève et époussette sa jupe à volants.

— Bon, alors on va chercher un endroit pour passer la nuit.

Elle se hisse sur la pointe des pieds, embrasse d'un regard le paysage qui nous entoure, et s'écrie :

— Là-bas ! On dirait une maison !

En effet, un dôme que nous n'avions pas remarqué se dessine au loin, entre les arbres. Sous les rayons du couchant, il étincelle de mille feux.

12

Le Palais du Temps qui Passe

Avec ses colonnes et ses arcades, le mystérieux bâtiment fait penser à un temple hindou. Sur son fronton, il est écrit en grandes lettres d'or : *Palais du Temps qui Passe.*

Un peu impressionnées, nous nous arrêtons devant le portail.

— On entre ? propose Gigi.

— Je ne sais pas si on a le droit...

Gigi hausse les épaules avec une expression mutine. Ses yeux pétillent de malice et, sous sa frange blanche, ses petites rides s'animent.

— Eh bien, le droit, ze le prends ! décrète-t-elle. Suis-moi, Zoé !

L'endroit où nous pénétrons est tellement splendide que nous nous figeons toutes deux sur le seuil, muettes d'admiration. Imaginez une immense pièce vide, tapissée de miroirs. Au plafond brillent des lustres de cristal qui jettent une cascade de reflets sur le parquet ciré.

— Ça ressemble à une salle de bal..., murmure Gigi, dès qu'elle retrouve l'usage de la parole.

Et, comme hypnotisée, elle avance lentement dans la pièce. Ses petites bottines martèlent le sol scintillant.

Au même instant, une musique s'élève. Des notes de piano, de violons et de clarinettes, venues on ne sait d'où, entament une valse, et Gigi se met à danser.

Elle tourne et virevolte avec la grâce démodée d'une fillette d'un autre temps. Dans les miroirs qui garnissent les murs, des dizaines de Gigi tournoient.

L'illusion est parfaite. C'est comme si, soudain, la salle de bal s'était peuplée d'une foule de petites danseuses. J'ai du mal à distinguer la vraie Gigi, au milieu de ces gracieux tourbillons.

— On dirait un vol de mouettes, toutes identiques...

Toutes identiques ?

NON, LES MOUETTES NE SONT PAS TOUTES IDENTIQUES ! ! !

— Je... j'ai la berlue, ou quoi ?

Je me frotte les yeux, je regarde encore...

— Nom d'un mille-pattes cul-de-jatte !

Chaque danseuse a un âge différent. Certaines sont des enfants, d'autres des adolescentes, d'autres encore des jeunes filles ou des femmes. Mais pourtant, elles se ressemblent toutes.

La foule qui tourbillonne dans cette salle de bal, c'est Gigi à tous les âges de sa vie.

L'ahurissement me cloue sur place.

Sans interrompre leur chorégraphie, les Gigi m'envoient un baiser.

— Tu peux nous laisser, maintenant, disent-elles. Tu vois, nous ne sommes plus seules. Nous nous sommes toutes retrouvées, et nous ne nous quitterons plus jamais !

— Mais... vous êtes la même personne !

— Eh oui, c'est d'ailleurs pour ça que nous nous aimons tant : chacune de nous n'existe que grâce à celle qui la précède !

Soudain, la musique s'arrête et les danseuses se

figent. La plus vieille d'entre elles se détache du groupe et vient vers moi. C'est la mienne, ma Gigi à moi.

— Maintenant, il faut que tu rentres chez toi, Zoé, dit-elle.

Cette fois, je crois qu'elle a raison. Je n'ai plus rien à faire ici.

Mais un problème me turlupine encore.

— Comment je vais faire ? Je ne connais pas le chemin.

Gigi a un petit rire, que toutes ses autres elle-même reprennent à l'unisson.

— Si ze te chanzais en papillon ?

— En papillon ? Pour quoi faire ?

— Pour que tu t'envoles. De là-haut, en regardant la terre, tu verras sûrement ta maison !

*

* *

Le nez sur l'antisèche, Gigi déclame avec concentration :

— *Le participe passé conzugué avec l'auxiliaire « être » s'accorde en zenre et en nombre avec le suzet du verbe. Le participe passé conzugué avec l'auxiliaire « avoir » s'accorde avec le complément d'obzet direct placé avant le verbe. S'il n'y en a pas ou s'il est placé après, le participe passé reste invariable.*

À peine a-t-elle prononcé le dernier mot qu'un murmure d'émerveillement parcourt la foule massée autour de nous.

— Oh ! comme c'est zoli !

Des dizaines d'yeux charmés suivent, dans le crépuscule, la course du grand papillon bleu que je suis devenue...

— Au revoir ! Au revoir ! crient les Gigi, en agitant les mains vers la lune naissante.

— Ze te rapporterai ton antisèsse quand tu en auras besoin ! ajoute la plus vieille.

13

Un vol de mouettes dans le ciel

— Zoé ! Zooooé !

Maman, quand elle me secoue, n'y va pas de main morte. Durant une fraction de seconde, j'hésite entre un tremblement de terre et une explosion nucléaire.

— Hein... Je... Qu'est-ce qui se passe ?

— Il se passe que le réveil a sonné depuis un bon quart d'heure et que tu ronfles toujours !

Revenir à la réalité, le matin, je ne connais rien de plus difficile. Surtout après mes aventures de cette nuit !

Je me gratte énergiquement le crâne, je bâille

sans mettre la main devant ma bouche, je me frotte les yeux...

— Allons, dépêche-toi ! me houspille maman.

Comme une somnambule, je titube vers la salle de bains où je retrouve papa, en train de se raser.

— Eh bien, te voilà dans un drôle d'état, mon p'tit pot-au-feu ! s'écrie-t-il, en étalant consciencieusement la mousse blanche sur ses joues.

Pour toute réponse, je re-bâille à fendre l'âme.

— Toi, tu n'as pas assez dormi ! déplore-t-il. C'est ma faute : je n'aurais pas dû te faire étudier aussi tard !

Et, de la main qui ne tient pas le rasoir, il ébouriffe mes cheveux carottes râpées.

— Enfin, j'espère que cette fois, au moins, tu les connais, tes accords de participes passés !

Je sursaute.

— Mes accords de...

— As-tu bien fait comme je t'ai dit ? Les as-tu répétés avant de t'endormir ?

Mais alors... Mme Lenoir ne m'a pas encore fait réciter ma leçon ?

Nom d'une cacahuète en survêt', je n'en reviens pas ! Les formules magiques, le Trou de Mémoire, la sorcière, la Tribu des Oubliettes, Gigi... Tout ça, c'était un rêve ?

Hou ! là ! là !, ma pauvre tête...

*

* *

Dans la cuisine, Rémi et Hot-dog achèvent leur petit déjeuner. L'un a le nez au fond de son bol de céréales, l'autre la truffe dans sa gamelle de Canigou.

— Salut, zombi ! me taquine mon frère en me voyant entrer. Dis donc, tu marches au radar, toi, ce matin !

Le chien, quant à lui, me saute sur les genoux pour me débarbouiller avec sa langue.

— Beurk ! Va-t'en, Hot-dog, tu sens la pâtée !

— Ma sœurette est vraiment charmante au réveil ! se marre Rémi.

Il avale sa dernière gorgée, se lève, enfile son blouson et, en passant à côté de moi, me chuchote à l'oreille :

— Si tu as trop de mal pour ta leçon de grammaire, jette donc un coup d'œil dans la poche de ton jean !

*

* *

Laurence, Thomas, Mélanie et les autres ont perdu leur vilain petit sourire. Assis à leur place habituelle, ils font leur tête de tous les jours. L'ambiance de la classe est d'une très grande banalité, à la fois morose et rassurante.

Carole et Benoît n'ont plus l'air amoureux.

Quant à Mme Lenoir, elle ne semble pas plus féroce que de coutume. Plutôt moins, même. Exceptionnellement, elle a mis des boucles d'oreilles. De gros clips en forme d'escargots dorés. Et sur sa robe noire, elle porte un gilet jaune. Ça lui retire pour de bon son allure de sorcière.

Ainsi, toute cette histoire n'était qu'un rêve... Je n'arrive pas à y croire.

Un joli soleil de printemps joue à cache-cache entre les arbres de l'avenue. Ça doit être agréable d'être dehors ! Plus, en tout cas, que dans cette école sinistre !

Une bande de mouettes fend l'azur. En voilà qui ont de la chance. Je suis sûre qu'elles vont droit vers la mer.

J'observe distraitement leur vol léger, lorsque...

— Ça alors !...

Et si ce n'étaient pas des mouettes qui traversent le ciel, mais des fillettes à cheval sur des balais ? Des petites sorcières de la jungle... Gigi... Ma Gigi à moi...

Mon rêve me revient d'un seul coup en mémoire.

— Zoé, au lieu de bayer aux corneilles, peux-tu me réciter l'accord des participes passés ?

Brutalement arrachée à ma rêverie, je me redresse d'un bond.

— Euh... Oui... Je...

— Eh bien, nous t'écoutons !

J'essaie de rassembler mes idées, mais c'est le vide total dans mon esprit.

— En cas de trou de mémoire..., a dit mon frère.

Discrètement, je plonge la main dans ma poche.

Mais ma poche est vide. Où a bien pu passer l'antisèche de Rémi ?

L'antisèche de Rémi ? Bon sang, mais c'est bien sûr ! Elle est restée avec Gigi, dans la Jungle des Souvenirs.

Voyons, Zoé, c'était un rêve !

Pourtant, ça avait l'air si vrai...

À propos de Gigi, ne m'avait-elle pas promis de me la rapporter en cas de besoin ?

Et si c'était... Les mouettes !

— M'dame... Est-ce que je peux aller aux toilettes, s'il vous plaît ?

La maîtresse fronce les sourcils :

— Maintenant, Zoé ? Tu es si pressée ?

Je fais « oui » de la tête et je me mords furieusement les lèvres pour bien signifier que l'« accident » est imminent.

— Bon, vas-y, soupire Mme Lenoir. Mais tu ne perds rien pour attendre. Dès que tu seras revenue, tu me réciteras ta leçon !

Pendant que je traverse la classe comme une flèche, les réflexions des copains fusent :

— Viiiiite ! s'esclaffe Mathieu.

— Dépêche-toi, Zoé, sinon tu vas inonder le plancher ! ajoute Mélanie.

— Au secours ! Un raz de marée ! glousse Thomas, en faisant semblant de nager.

Je m'en fiche, je suis déjà dans l'escalier.

De loin, j'entends Mme Lenoir qui frappe dans ses mains pour réclamer le silence, qualifiant de « grossiers » et d'« indécents » les commentaires suscités par mon « besoin naturel ».

WC

Quatre à quatre, je dégringole les marches.

Au beau milieu de la cour, par terre, il y a un papier plié en huit. Je me rue dessus et je le défroisse fébrilement.

« *Le participe passé conjugué avec l'auxiliaire être...* »

Ouf ! Je sens que je vais avoir de bonnes notes en grammaire, moi, dans mon prochain bulletin ! Merci, Gigi !

Tiens, il y a un trou dans la poche de mon jean. Un trou juste assez large pour laisser passer l'antisèche... Est-ce que, par hasard, elle ne serait pas tombée par là, pendant la récré ?

Ça voudrait dire que Gigi n'a rien à voir là-dedans...

Bah, après tout, quelle importance ? À tout hasard, j'envoie quand même un millier de baisers vers le ciel.

Table

« Pour l'éditeur, le principe est d'utiliser des papiers composés de fibres naturelles, renouvelables, recyclables et fabriquées à partir de bois issus de forêts qui adoptent un système d'aménagement durable. En outre, l'éditeur attend de ses fournisseurs de papier qu'ils s'inscrivent dans une démarche de certification environnementale reconnue. »

Composition PCA - 44400 Rezé

Imprimé par LIBERDUPLEX à Barcelone (Espagne)
32.10.2469.8/01 - ISBN : 978-2-01-322469-7
Loi n° 49-956 du 16 juillet 1949 sur les publications destinées à la jeunesse
Dépôt légal : octobre 2007